雾灵三部曲

1

毁灭之城

[美] 苏珊·谢德 文　[美] 乔恩·布勒 图

漆仰平 译

贵州出版集团　贵州人民出版社

目录

引言

很久很久以前，人类统治着地球。那时，动物们还不会说话。有一天，一个人类的小宝宝呱呱坠地了，他的名字叫波波。

有一个古老传说就是这样开始的。

我一直喜欢古老传说里的人类，波波就是其中一员。他长大后，从一个科学狂人的实验室里救出了许多动物。

不过，第一次听《波波的故事》时，我就很纳闷，为什么传说里要说动物不会说话呢？如果没有语言，他们怎么和同伴交流呢？

我去问妈妈，妈妈说："也许传说里讲的'说话'是指你我现在使用的语言吧。他们说，在人类统治的世界里，根本就没有真正会说话的动物，所有动物只能用低级语言进行交流，就是你知道的那些呼噜、咕噜、嗷嗷的声音。这正是人类与动物的区别。"

"那我们是怎么学会说话的呢？谁教的？"

"哦，亲爱的尼尔斯，是进化！"我姐姐萝西说，"世界上既有像我们这样会说话的动物，也有只会发出呼噜咕噜声音的动物，一直都是这样的，人类的统治不过是个传说。《波波的故事》只是一个故事，其实，连人类本身都是虚构的！"

"他们是真的！"我大喊。

我那时太小了。不过，后来——在我有了自己的房子和果仁派以后，我依然对古老的传说深信不疑。

而萝西还是一副姐姐的样子。

1

野森林

下**暴雨**了，河水正在上涨！这房子会被整个冲跑的！你该回家了，妈妈也让你回去。

这儿就是我的家呀，萝西，你也太能操心了。

这棵大树不会被冲跑的。就算再过一百年，它也还会站在这里。

何况，我可不能丢下我的宝贝。

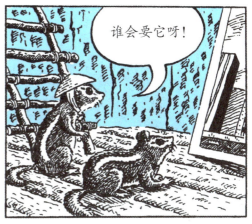

它能证明人类曾经存在过！

谁说的？

我说的！你听说过动物能用纸做明信片、能建造这样漂亮的建筑吗？没有吧？

想想看！在每扇小窗户后面，都曾经有真实的人类走来走去。

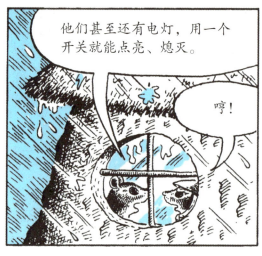

他们甚至还有电灯，用一个开关就能点亮、熄灭。

哼！

好吧，尼尔斯，当心点儿。如果河水涨太高，你就赶紧到我的房子里来。

好的，萝西。

我姐姐可真是爱瞎操心。

下雨天不能出去找果子，不如睡一小觉吧。

唉……我实在好奇那时候世界是个什么样子……人类和他们的建筑后来怎么就消失了呢？

咯吱咯吱咯吱……

什么声音？

啊哦……

哗啦哗啦♪

像是……

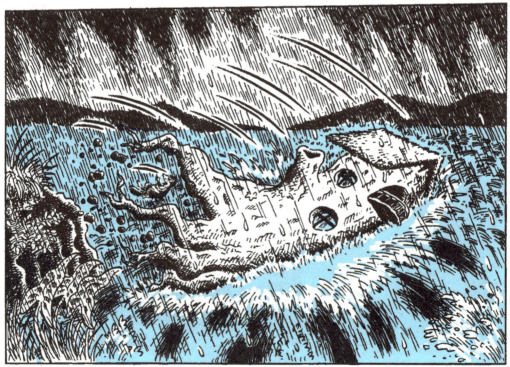

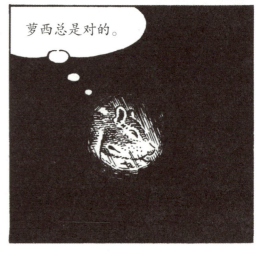

11

不明领地

我慢慢苏醒过来。

只听见一阵微弱的响声，是河水在拍打鹅卵石。怒吼的风声、狂啸的水声终于停了。暴风雨结束了。空气中有一股酸酸的怪味道。

我睁开双眼，看见我和我抓住的空心树干已经被冲到了岸边，太好了！

可……我这是在哪儿？

迷雾中，有个大家伙向我走来。我一动也不敢动。

近了，越来越近。我看清楚了，那是一头熊，一头大熊，一头穿着衣服的大熊！她正弯着腰捡什么东西。

她又朝我这边走来了，边走边研究那个奇怪的东西。太走运了，她没注意到我。

她穿着衣服！我睁大了眼睛。在野森林里，你可能看见一只会说话的动物，头上顶着自制的雨帽，身上插着鲜艳的羽毛，或者胸前戴着贝壳项链，有时候我和伙伴们还披着树叶斗篷玩化装游戏，可我从没见过这头熊身上穿的衣服，那像是人类的衣服！

她走开了，消失在迷雾中，一边还在嘟囔着什么。

我大气不敢出，四下观望，凝神聆听。之后，我从树干上跳下来，捧

14

起一口河水。

"噗！"我立即吐了出来，太难喝了！"呸！"
我又尝了点儿树干里的雨水，还好，可以喝。

蹚过难喝的河水，就是满是砾石的岸边。我在砾石上跑起来，我告诉自己："得到森林去，那里才是安全的。我要在当地找一只花栗鼠，相信他能为我提供临时落脚的地方和吃的，指给我回家的路。"

我紧张地快速奔跑着，真怕再遇到一头大熊。雾渐渐散去，但天越来越黑了。什么时候才能走到森林边啊！

我逐渐慢下来，心里开始嘀咕："大树都在哪里呢？"

我停下脚步，环顾四周。这时我口干舌燥，胃里又一阵恶心。

没有树！

不仅如此！这里寸草不生，没有一丁点儿绿色和任何生命迹象。视线所及，一片荒芜，只有锋利的岩石和高耸的峭壁，那些峭壁上面布满了四四方方的小洞。

这也太……奇特了！我可不喜欢。在这里我吃什么呀！

我盯着其中一座峭壁，觉得莫名地熟悉。以前在哪里见过呢？不是在野森林，肯定不是。一定是在梦里。

猛然间，我想起来了。

我面前的不是峭壁，而是一座人类的建筑！我当然认得出来，因为我曾经见过这幅画面——在我的那张人类明信片上！

啊哈！我摸着身边的墙壁，心里激动不已。千真万确！它是一座真正的人类建筑，也就是说，人类是真实的！我是对的！我就知道我不会错。哦，天哪，我一定要找机会告诉萝西！

只是，我没有想到人类的建筑竟然如此之大，简直是庞然大物！不仅如此，明信片上的那座建筑是完好无损的，而这座已经倒塌、荒废……而且孤零零的。

"嘿，你！小鬼！"有人叫道。

我一个激灵蹦起来，四处张望。太大意了！要知道，我通常都是很警觉的。

什么也没有。

"到这边来！"一只罩着袖子的胳膊从墙壁的裂缝里伸出来，晃荡着一条闪闪发亮的链子，"小鬼，想买点儿真金吗？"

不知为什么，虽然这是个会说话的家伙，但是我不相信他。

"我不买，谢谢！"我向后退了一步。

"鬼鬼祟祟的，别跑！"一只蜥蜴从一堆碎石头里爬了出来，斜靠在一块岩石上。那截挂着链子的手臂不见了。蜥蜴阴阳怪气地对我说："你是新来的吧？"

我疑惑地打量着他。我以前从没听说过世界上有会说话的蜥蜴，而且他还穿着衣服——一件黑色短袖T恤，脖子上系着一条红围巾。

这个地方的动物是怎么回事？我思索着，大家都穿衣服吗？

"别紧张，"蜥蜴伸出手掌，翻过来背过去地让我看，"我没有武器。"

（他这话是什么意思？他本身对我而言就是武器呀！）

他将双臂交叉放在胸前（还是他想掏出什么东西来？），上上下下地打量我。

"你个小鬼在这地方可不太安全。"他说，"特别是对不懂这里规矩的人来说。"

"我没事儿！"我咕哝着。

蜥蜴轻蔑地大笑："说得好！"他倚着墙壁，"你是从北方过来的吧？没准儿是野森林。"

"是的，那又怎么样呢？"我说。

他点点头。"我想也是这样，"他说，"在这边很少看见花栗鼠。"

"这是什么地方？"我问。

蜥蜴脸上的冷笑

一闪而逝。"欢迎来到毁灭之城，花栗鼠。"

毁灭之城?！不可能！

"毁灭之城"是最让我毛骨悚然的传说。我们这些会说话的动物聚在岩洞里时，我经常讲这个传说。传说是这样开始的：

古老的毁灭之城，在河水与大海交汇的地方，那里屹立着高耸的大楼，直至今日，大地依然被掩埋在死气沉沉的硬壳下……

这个故事我讲过很多很多次，可我从没想过世界上真有这么一个地方！

我用脚踩了踩地，这里的地面真是"死气沉沉的硬壳"。有座"高耸的大楼"还立着。我抬头仰望，嗯，准确点儿说，是有一部分还立着。

"我说'欢迎来到毁灭之城'，"蜥蜴重复了一遍，"你听见没有？"

我点点头。

他冲我打了个手势："过来，咱们一起走，你不会有事的。我有护身符。"

他举起脖子上的围巾："看见这条红围巾了吗？它表示我在蜥蜴女王的保护之下。任何冒犯我的人都要受到蜥蜴女王和那群鼠貂的惩罚。如果你想在这个城市里生活，就得寻求保护。"

保护？有什么危险吗？我疑惑不解，在脑海中搜索着传说里的语句：

城里埋藏着数不尽的宝藏。动物王国里的无赖和坏蛋都被宝藏吸引，他们像飞蛾扑火一样，前赴后继地潜入藏宝库。

想到这儿，我开始心惊胆战，急忙跟上，但又与他保持着一定距离。

我想知道他有没有吃的，还有，是否应该问他回家的事情。

"瞧，毁灭之城有许多臭名昭著的肉食动物，"他解释道，"蛇啊，猫头鹰啊——你能叫出名来的，我们这里都有。"

他巡视一周："现在看起来挺平静，他们多数是在天全黑之后才出来。"

"我的保护人，蜥蜴女王，会喜欢你的，"蜥蜴边走边说，"她喜欢不常见的动物，特别是小小的、毛茸茸的家伙。"他若有所思地笑起来。

"她会给你安排一份安全的好工作，"他嬉皮笑脸地说，"比如擦擦地板什么的。这是你的好机会。你会爱上这个王国的！待会儿你会看见她的珠宝，如果她喜欢你，或者你为她服务一次，没准儿她会送你一颗。"他搓着双手，"我已经挣到好几颗珠宝了——我的两颗珍珠，我的钻石，我的黑玻璃，我的月亮石。"他的步伐加快了，几乎是在自言自语，"有颗大红宝石，她说等我下次为她效劳后就会送给我！"

他嘻嘻地笑起来，继续嘀咕着："哈，我给她带来个好使唤的花栗鼠奴隶，她会喜欢的！"

我停下脚步："带来个好使唤的花栗鼠奴隶？我可不这么想！"

我转身就跑。

3

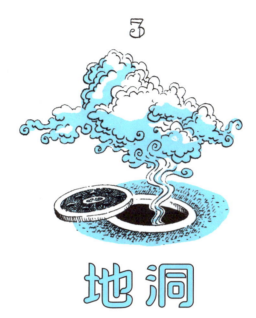

地洞

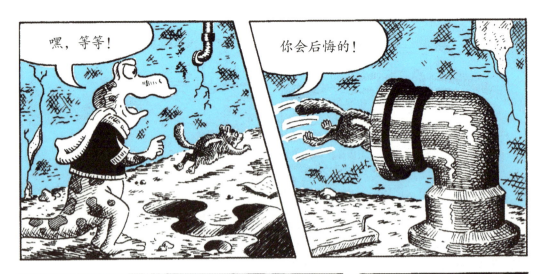

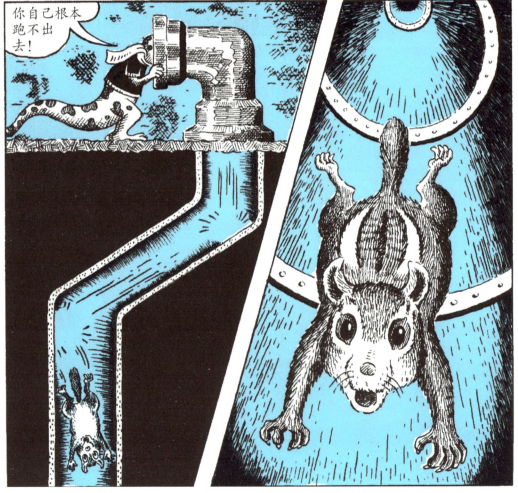

23

25

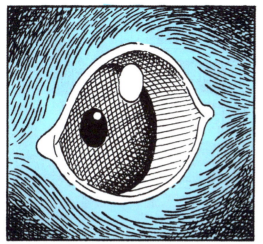
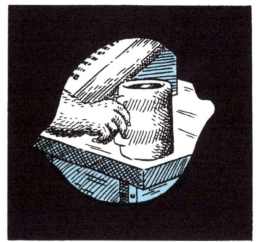

王尔德的罐头

我进了屋。

老豪猪双手叉腰，对我虎视眈眈。两条背带把他的裤子吊着，裤子后面有个洞，他的尾巴从那儿钻了出来。

听天由命吧。我已经筋疲力尽。这一天太漫长了，我再也跑不动了。

豪猪来到了我面前。我没有退缩。这会儿，无论面前是谁，我都愿意信任他。

他用低级语言咕噜咕噜地说着，连整天只会"呼噜、咕噜"的动物都能听懂。他的大意是："我，朋友。"（他很友好！只是想跟我碰碰爪子！）

我努力抬起一只爪子，放在他的大爪上，然后用沙哑的声音说："花栗鼠尼尔斯，野森林。"

"哦？一个会说话的家伙？"他挺直了身子，瞪着我，"从野森林来！真让我惊讶。野森林里有很多会说话的家伙吗？"

我不知道他所谓的很多是多少："我们开全林大会时，大概有三四十只会说话的动物。"

"有会说话的肉食动物吗？"他问。

我点点头："有一家子狐狸，他们发誓不吃其他会说话的动物，可我在他们身边还是觉得不自在。我是说，万一他们饿了呢？"

"有趣！"他说，"那你究竟是怎么……先不说了。"他闭上嘴巴，晃晃大脑袋，"没关系，咱们待会儿再聊。你现在的样子疲惫不堪。我敢打赌你也饿坏了。在这儿等着，我去去就来。哦，忘了说，我叫王尔德，很高兴认识你。"

王尔德拖着笨重的身子走出房间，那条大粗尾巴在脏地板上甩来甩去。

我就坐在地板上，喘着粗气。反正我也没地儿可去了。

这里真大，堆满了书。我知道书，还看过一次呢。

那是在野森林时，有天在回家的路上，一个小贩给我们看他车里的东西，那东西是用两块硬皮夹着很多纸。他说那是人类的玩意儿，叫作书，纸上的文字能讲清楚古老的传说。

萝西不相信，可我信。我喜欢讲故事。我已经认识字母了，能拼读出自己的名字。我甚至能念出其他的词，如果非让我写，我也能在地上画出几个简单的字。可我没买那本书，因为小贩想用它换两只兔宝宝，所以我和萝西都再也不想见到他了。

王尔德回来时，带了一只润泽的圆碗，是蓝色的。王尔德把它放在桌上，又帮我上到桌上，让我坐在碗旁边。碗里装满了多汁的桃子，已经削好，切成了一瓣一瓣的。

我拿起一大瓣桃肉塞进嘴里，桃汁一直流到了我的胸前。啊，感觉好受多了。

我又咬了几口，问："桃树在哪儿呢？附近吗？"

"桃树？"他一副惊讶的表情。

我举起手里的一瓣桃肉。

"哦，桃树呀。哈哈，孩子，你还有不少东西要学。在这儿等着，我拿给你瞧瞧。"王尔德又走出了房间。这次，他带回来一个圆筒，上面有色彩鲜艳的图画。

他举着圆筒看我的反应。这幅画简直和我的那张旧明信片一样美，甚至更精致。上面有一棵桃树，枝头间垂下熟透的大桃，还有字，写着"黎……明……"

"你听说过罐头食品吗？"王尔德问。

我把目光从这幅耀眼的图画上移开，看着豪猪那张灰白的脸，说："罐头食品？嗯，听说过，在传说里。他们说人类知道如何在罐头里封存食物，让食物保存很久，当没有新鲜食物时，他们就可以吃罐头。"

我又凝视起那幅画："你不会是说……"我指着圆筒，"这是……"

"没错，"王尔德说，"这是一盒罐头，里面有桃肉。你吃的就是罐头食品，味道还不错吧，嗯？"

不可能！我看着手里的那瓣桃子，闻了闻："这不是人类的罐头食品。"

"当然是了。要不还能是什么？难道是豪猪的罐头食品？哈哈！"他大笑。

我说："可……我的意思是……这东西好像并没有放多长时间！"

"没错，我们很走运，人类的罐装工艺十分完善。通过他们对这个星球所做的一切可以推断，他们需要食物能永久储存。"

"他们对这个星球做了什么？"这是经常萦绕在我脑海中的问题。

"这个问题我也不是太清楚。应该是消耗殆尽吧。我有这么多书，可是没有哪本有关于人类末日的描写。"他指着身边的书架说。

我又瞧了瞧这些书。是谁把它们写出来的？里面的文字说了些什么？

"这些是人类的书籍，对吗？"我轻声问。

豪猪瞪着我："当然了！这里是人类的城市，尼尔斯，你不会还不知道自己身在何处吧？"

"我遇见的蜥蜴说，这儿是毁灭之城。"我讲述了那只蜥蜴的事情。

"听上去很像蜥蜴女王的间谍。"他说，"我听说过他。我认为你逃出来非常明智。"

接着，我给他讲那场大雨、洪水以及我在野森林的家，还给他讲我醒来时那股奇怪的味道、难喝的河水、迷雾中的大熊，还有地下的大隧道。

"那些也是人类的吗？"我问。

"当然是人类的。那是列车行驶的地方。"

我听说过列车。我努力展开联想：一条门窗紧闭的金属长龙轰隆隆地从隧道飞驰而过，还有我曾听说过的人类的其他东西，比如摩托车、洗衣机、邮件、计算机、烟火。我问王尔德："这些也是真的吗？"

"对，是真的，"王尔德说，"这是一座保存下来的人类城市遗址，**连我们住的房子都是人类城市的废墟。**你也知道，这里寸草不生，如果没有店里的那些罐头食品，除了肉食动物，没有谁能生存下来。谢天谢地，商店里堆满了你需要的所有东西。"

我很清楚，"商店"不是指王尔德自己家里的那些储藏室，而是指人类用金钱购买东西的开放式货仓，就像从小摊贩的购物车上买东西一样。

我说："你的意思是，屋外的楼里面有很多罐头食品？可以去买这些东西？"

"去拿！你可以拿回来！"王尔德捡起一个罐头，朝我晃了晃，"它们不再属于任何人了。你只需要走进去，拿出来！"王尔德盯着我，看我是否理解了，"你得明白，很久以前，有上百万人居住在这座城里，上百万啊！也就是说，商店给我们豪猪留下了很多吃的。破烂街也一样，那里不仅有食物，还有衣服、玩具、工具、武器……"

他咽了口唾沫："不过，很难再找到刀子和珠宝了。蜥蜴女王派出她的大部队，把全城的珠宝都搜集起来带走了。要是你问我的话，我会告诉你那些玩意儿无聊透顶，可她却对珠宝疯狂至极。她一点都不关心罐头食品，豪猪可绝不会这样。"

"这地方曾是一家店，"他又说，"一家书店。我爷爷认为应该有人来保护书店，不让书被吃掉或当柴火烧掉，于是他就接管了这家店。"他补充道，"这地方现在是我的了，我已经从这些书里得到一份相当完整的记录，有关人类在这里的生活。"

"书里讲的都是真事？"我问王尔德。

"哦，那可不是，"他说，"很多是幻想类的。可实际上，有些幻想作品比写实作品更真实。"

"你指什么？"我问。

"给你举个例子。多数所谓的写实作品里说，动物不会说话。可事实上，在优秀的幻想作品里，比如《柳林风声》里，动物都会说话，就像你和我这样！你说，哪种作品更真实？"

这个问题我可回答不了，所以我滔滔不绝地说起了别的："在家时，我常在全林大会上讲古老的传说，关于人类和远古时代，还有那些遥不可

及的地方。我姐姐萝西总说，那些都是虚幻的，可你知道吗？其中有个传说就是关于毁灭之城的，不就是这个真实的地方吗？"

"对，就是这里。"王尔德说。

我舔了舔爪子上的桃汁，又擦了擦胸前。"你觉得我能从这儿回家吗？"我问。

"当然，"他回答，"我们来想办法。"他轻轻捋了捋下巴上的胡须，"我想你也明白，那将是漫漫征途。"他停顿了好一会儿，"要去上游。我得想想。好了，现在你最需要的是睡上一觉。"

这时候我才感觉到自己有多困。

王尔德在桌子上给我铺了张床。我拖着酸疼的身体，钻进被窝里。"谢谢。"我咕噜了一句。

啪的一声，房间暗下来。我一下子跳了起来，大叫："等等！"

又是啪的一声，房间亮了。"怎么了？你怕黑？"

"啊？哦，当然不怕！不过你能回答我一个问题吗？那是一盏电灯吗？"

王尔德瞪了我几秒钟，然后用爪子捂住嘴笑了起来。"是的，"终于止住笑后，他说，"这是电灯。我已经在屋顶装上太阳能电池板了。"他

又关上了灯，离开了房间。我立马就睡着了。

第二天早上洗完澡，我们吃了果仁罐头。然后，王尔德给了我一本书，是关于人类的孩子迪克与珍妮的故事，还有画儿呢。

我盯着这些画，它们都是真实的。人类总是穿着衣服，他们身上没有毛，仅仅在头上有一点儿。我从没想到，脸还能是这样光溜溜的。我从那本书里知道了很多。

《迪克与珍妮》的文字非常简单，王尔德教了我几个字，我就能自己读了。王尔德说我是绝顶聪明的小动物，只要我多加学习，就能阅读所有的书籍。所以，王尔德忙碌的时候，我就看书架上的书。

我念得出一些书名：《弗罗斯河上的磨坊》（弗罗斯是什么？）、《小王子》（萝西可能会喜欢）、《我所知道的野生动物》……真想知道里面都讲了些什么。

我想，万一我得永远待在这里呢……那就把这些书统统读完，把这里的罐头吃个精光！

我在书架后面闲逛时，不经意间看见一处舒适的地方，可以当成睡觉的小窝。那儿还有一些废纸，正好可以拿来做被褥。

现在，我开始想念妈妈和萝西了。她们肯定都很担心我，甚至可能以

为我已经淹死了。

"尼尔斯!"王尔德叫我。

"来啦!"我从舒适的窝里爬出来。

"咱们去见几个朋友,"他说,"我再带你四处走走。"

"哦,"我说,"太好了,只是,那个,我发现这里的动物都穿着衣服,可我什么都没穿!"

王尔德大笑:"没问题,先去给你找几件。"

酷!如我所愿!

5

拉风的摩托车

44

威利的见闻

"飞翔熊？"王尔德重复了一遍，继而哈哈大笑。

"真逗！"我说，"你在开玩笑吧？"

可威利抖抖他身上的刺说："嘿，我会和你开玩笑吗？当然是真的了。你可以随便去找个人问问。那头熊就是飞到这里的，坐在一架飞行器里。"

王尔德摇摇头："一架飞行器？不可能！"

"有什么不可能的？"威利说，"王尔德，人类拥有飞行器，比如飞机。你那儿有本书，叫《世界上的飞机》还是什么来着，我看过。"

"没错，可那是人类。"王尔德说。

"好吧，"威利耸了耸宽阔的肩膀，"就当我什么也没说。"他抄着手，紧抿嘴唇。

可是，我很想听听关于那头飞翔熊的事情，于是我说："威利，我相信你。"

威利朝我笑了笑："尼尔斯，我亲眼见过她。当时我听见发动机的轰鸣，然后一个影子从我头顶掠过，我抬头一看，有架大机器轰隆隆地从空中掠过！我注视着它，想起了在你那儿看过的那本书，王尔德。我正在琢

磨自己是不是真的看到了一架飞机，发动机的噪声突然消失了。"

他用爪子做了个下劈的动作："寂静，机器只在上空盘旋了几秒钟，然后就头朝下旋转着坠落，随着轰隆一声巨响，那家伙爆炸了！开始，我以为世界末日到了。天空中有一团火，随后火花四溅，我真觉得一切都完了。"

"更惊奇的是，一头熊吊在降落伞下飘了下来，落到了河里，她游到岸边，甩甩身上的水，然后就走开了。跟你说，我花了一个星期才缓过劲儿来。"威利讲完了。

王尔德皱着眉头，看着威利："为什么我没听见？"

"那谁知道！"威利耸耸肩，"你经常好几个星期都不过来。那会儿你的长鼻子不知道正在哪本书里钻着呢。好了，继续说那头熊，看见那头熊跳下来的可不止我一个。有些动物开始谣传她是一个巫婆，那我就不太清楚了。后来，我又在附近见过她。她在喧嚣大街的一个库房里搭了个工作间，听说她正在造另一架飞行器。"

王尔德瞥了威利一眼，说："我不知道，她可能，仅仅是可能，发现了一架旧飞机，然后设法让它飞上了天。如果不是你亲眼所见，我还真不相信。可现在你又说她正在造一架什么飞行器，这个说什么我都不信。"

"我没说肯定是真的，"威利说，"我只是告诉你我所听到的，就是这样。"

王尔德想了想："制造飞行器得有工具、技术和手指。你得用手指去拿那些工具。熊没有手指，豪猪和臭鼬才有。"

"我有手指头。"我伸出手给他们看。王尔德和威利的两双豪猪眼立刻放出了光芒。"真让我吃惊，"王尔德最后说，"在野森林里手指很常见吗？"

"不，"我说，"有些动物还会取笑我们的手指头，不过我不在意，因为它们用起来很方便。我有个朋友叫维克多，他说有手指意味着是实验动物的后代。"

"实验动物？！"王尔德嗤之以鼻，"我从没听说过用花栗鼠或豪猪当实验动物的！你说得不对，应该是进化。手指是进化的实证。但也奇怪，并不是所有的动物都有手指！"

"比如熊？"我说。

威利笑着说："王尔德觉得自己博览群书，已经无所不知了。其实在书籍之外，还有许多要学的东西。"

"好吧，"王尔德咕哝着，"那我们就承认这头熊有手指，她可能在造一架飞行器。威利，你还知道什么？"

"她来自一个叫雾灵山的地方。至少她是这么介绍自己的——'来自雾灵山的大熊奥莉薇'。当然，许多动物在心里叫她飞翔熊，或是巫婆熊。"

"我想成了雾熊。"我说。

"好名字。"威利说。

"那雾灵山在什么地方呢？"王尔德还在嘀咕，"我从没听说过。"

"在我看来，就连那头熊也无法确定它在哪儿。她的飞行器被一阵风暴吹到了这里。她迷失了方向，根本不知道自己到哪儿了。"

就像我一样，我想。

王尔德肯定也在这么想。"真有趣，不是吗？"他说，"两个不同寻常的动物，一只花栗鼠和一头熊，都被大风暴吹到这里了。"

"这样的飞行相当危险。"威利说。

"我也觉得，"王尔德点头表示同意，"除非你是一只鸟。"他挠挠头，"不过，我对雾灵山很好奇。什么样的地方会有破旧的人类飞行器呢？威利，你听说过这样的地方吗？"

"你是专家，"威利对他说，"坦率地讲，我不会宣称自己知道其他地方的事情。这个世界很大很大，可能正在发生着很多我们无法理解的事情。瞧瞧这个尼尔斯，还有他的手指头，有谁能料到野森林里会生活着一只长着手指、会说话的花栗鼠？"

"我还听说过雾灵山。"我自豪地说。

"你听说过?"王尔德很惊讶,"哦,肯定是在你给我讲的传说里。"

"不,是在你那儿看到的,王尔德,散落在书柜后面的一本旧书里。一开始我想拿来当褥子,可后来我看见了封面上的字——‘生活在别处’,作者是‘雾灵山大熊’。"

"他也会读书?"威利问王尔德。

威利又问我:"尼尔斯,你在书里看见有关雾灵山的话题了吗?"

"没有,"我歉疚地说,"我的阅读不好,还需要多加学习。不过,我发现里面没有字,只有很多弯弯曲曲的线。"

"听上去像是手写体,他认识手写体吗?"威利问王尔德。

王尔德在地上画了一些符号。"像这样吗?"他问我。

我看着这些符号:"有点儿像。不过,我没仔细看。"我努力描述那本书的样子,"它不太像一本真正的书,更像是在软封面里夹了一堆纸。纸一边有一串小洞,从洞里穿出环状的东西,把纸和封面固定在一起。"

"一个笔记本,手写的。应该是。"王尔德用一只爪子轻敲牙齿,"可能是胡尔在他新地盘的地窖里发现的那摞纸,他拿来给我了,我还没抽出时间看呢。"

"那不是一年前的事儿吗?"威利问。

王尔德没接茬儿。"知道吗?"他转了话题,"这头熊的故事特别有趣。我很想认识雾灵山的这个大熊奥莉薇。在南边的喧嚣大街是吗?威利,你是这么说的吧?"

威利点点头："横穿两个街区，再往南走三个街区，过了那个旧车库就是。"

王尔德一仰头，把碗里的汤喝个精光，然后放下碗，说："威利，谢谢你的汤。"又对我说，"尼尔斯，去见见你的那位雾熊怎么样？"

"这个，不怎么样，"我说，"熊和花栗鼠，我们不太合哟。"

王尔德只是笑："不用担心，你和我在一起很安全。没人敢惹恼豪猪。"

雾熊

我本来打算造架全新的，把旧的换了，不过，无意间发现了人类的这套部件，放在一间破旧的库房里，打着包，好像准备要送到什么地方。

这里可真大哟。

这是一架超轻型直升机。这儿有它的全套组装和操作说明。

它真能飞起来?

不可能!

我不觉得有什么不行。

怎么让它动起来?

这里大得可以装下一棵树了。

太阳能电池!燃料已经不是问题了。它是金属结构的,还有一个紧急下降缓冲系统。

你的意思是,像降落伞一样?

作为一头熊,她可真温和。

说得对!

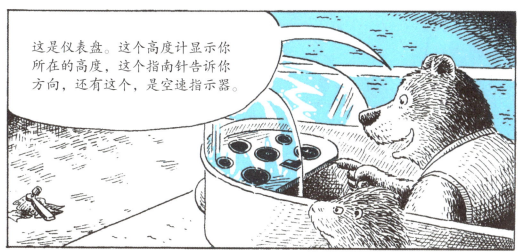

这是仪表盘。这个高度计显示你所在的高度,这个指南针告诉你方向,还有这个,是空速指示器。

奥莉薇，我朋友花栗鼠正在设法回家，他的家在野森林，我想……

他能不能和我一起走？当然，我可以把他顺路带过去。

回去一定要把这些经历都告诉萝西。

尼尔斯，你觉得怎么样？

什么怎么样？

你想和奥莉薇一起飞回去吗？她说能顺路把你带回野森林。

飞回去？

你可以考虑考虑。我不会马上就回雾灵山的。

说到雾灵山，奥莉薇，尼尔斯说我那儿有本关于它的书。

真的吗？

嗯，那本书叫《生活在别处》，上面写着作者是"雾灵山大熊"。我想那一定是部小说，因为，你知道，熊不会写书，至少……

叮当！

什么动静？

猛扑过去！

58

哎哟！

是间谍蜥蜴。我没想揪断他的尾巴。

别担心，会长出新的来。

我可不相信那只蜥蜴，不知道他鬼鬼祟祟的在这里做什么。

先别管蜥蜴了。我对你发现的那本书更感兴趣。

亲爱的日记

那本书还在老地方。我把它拖出来，递给王尔德。他把书放在桌上。

"瑞格纳！"奥莉薇用她的一只巨掌指着那个名字大叫起来。我吓得向后跳开去。

我从没这么近地看过一只大熊的爪子，上面的毛又长又粗，密密麻麻，就像是沼泽上的野草。至于她的指头，则像是一把把利剑。

"对不起，"她平静了下来，向我道歉，"我太惊讶了，因为瑞格纳是我姐姐！我从没想过她会写东西。"

"我有两个姐姐，"她讲了起来，"瑞格纳和露比。露比是老大，她是我们三姐妹中第一个知道密道的，我给你们讲过密道吗？"

我和王尔德都摇摇头。

"你什么都没给我们讲过。"我说。

"好吧，我来讲讲。"她拿起瑞格纳的书，一屁股砸进王尔德的椅子里。

我注视着那把椅子，对我来说那可是个庞然大物啊，而奥莉薇坐在里面刚刚好，其实，比王尔德坐在里面更合适，说不定，那就是她的椅子。

忽然，我有了一个惊人的发现！那是一把人类的椅子，就像这里的其他东西一样。就是说，人类肯定也是庞然大物——和熊一样大！不像我这么小（我一直以为跟我一样大呢）。啧啧！这样一来，很多事情就都可以解释通了。

"好，"奥莉薇说，"你们知道那座山一直被一条有毒的雾带环绕着，对吧？"

不，我们两个都不知道。

"这就是它叫雾灵山的原因。它本身是座小山，或者，确切地说，是山脉间的一片高原。那里整日被死气沉沉的大雾围绕着，我们管那雾叫毒

瘴，因此没谁能进去或者出来——除非知道密道，毒瘴进不到那里。"

"入侵者会在雾气中迷路?"我突然插了一句。

"比这要糟。雾气会让你疯狂，然后把你吸进去，越吸越深，直到你昏睡过去，再也不会醒来。'一旦进入，永无出路。'"奥莉薇用低沉而严肃的口吻说，"他们就是这样描述雾气的。"

"可是，"她继续说，"有一条密道，只有成年熊才知道。当父母认为你的年纪到了，就会把密道告诉你。之后你就能走出雾灵山，漫游世界了。"奥莉薇咧嘴笑起来，露出了两排大牙，"年轻的熊都喜欢游历。有些熊在游历时遇见配偶，然后返回雾灵山过日子，生养后代。有些熊则独自回来，那就只能当叔叔或阿姨。这就是我们代代繁衍的方式。

"我大姐露比就是这样知道了密道，然后离开了。

"第二年，我的二姐瑞格纳知道了密道，也离开了。

"而我，一直等待着那一刻的到来。

"但是露比没有回来，瑞格纳也没有回来。轮到我离开的时候，我父母说，只有一个姐姐回来了，我才能走——他们不告诉我密道!你们说，这公平吗?"

她目不转睛地盯着我们，自问自答地说:"不!太不公平了!我厌倦了等待，所以，没过多久，我造了一架飞行器!"

"你造的?"王尔德说，"可……怎么造?"

"呵呵，悬崖之家的书房里有许多书，虽然没有一本是专门讲如何造

64

飞行器的，不过，有一本讲怎样飞行，还有一本讲了人类飞翔的历史。我从这两本书里得到了启示。然后，我又在玩具柜里发现了一个装在盒子里的旧飞机模型。估计在我之前，没谁有耐心把它组装起来。但我做到了，并且从中学到了很多知识。因为读了那些书，组装了模型，于是，我制订了个计划，打算自己造一架简易飞机。我对发动机很在行哟，这难不倒我，我直接从一台旧割草机上卸了一个。"

我听得一头雾水。飞机模型？制订计划？对发动机在行？这些都是什么意思？

奥莉薇继续说："我也不知道那个东西能不能飞起来。不过，经过几次试验后，它真的飞起来了！我驾驶着它飞到森林上空，越过了雾气，一直向前。

"我以前从没飞行过，也从没离开过那座山，所以你可以想象出我有多激动。直到被卷入风暴，我才注意到天上已经聚起了风暴云。我迷失了方向，飞到这座奇怪的城市上空时，终于从风暴中挣扎了出来。接着，飞机爆炸了，喏，我就到这里了。可这里是哪儿呢？相对于那里来说……"她耸耸硕大的肩膀，"我对这里一无所知。"

我和王尔德都沉默不语。我不知道他在想什么，可我仍在琢磨她刚刚说的"对发动机很在行"这句话。

"好啦，"奥莉薇在椅子上直了直身子，"现在你们了解了背景，让我们来看看瑞格纳说了些什么吧。"

她打开那本书。"哦，看呀，"她笑起来，"开头是'亲爱的日记'，这不像是瑞格纳在写日记吗？"

她接着往下看。过了几分钟，我问："上面还说什么了？"

"哦，抱歉，"奥莉薇说，"我念出来吧。"

"亲爱的日记，"她念道，"有时，我会想起巴陀罗，我敢肯定他喜欢我。我想，如果我鼓励他，他就会向我求婚。不过普达建议我先去看看外面的世界。"奥莉薇停下来解释，"普达是我爸爸。"

"或许，我会找到更好的——更帅、更有趣、更让人心动的小伙子。不过巴陀罗多么可爱啊！

"再看看我现在！在毁灭之城这间憋闷的陋室里发着高烧，奄奄一息，脚上还被蜥蜴女王咬了一口，只有回忆温暖着我。哦，我真难过！"

王尔德叫起来："被蜥蜴女王咬了一口！那能要了命！"

"未必有那么糟，"奥莉薇说，"瑞格纳应该有药包。而且她总喜欢戏剧性地描述一切。谁会在这个时候还说'哦，我真难过'？"

奥莉薇继续念下去：

"我不再指望回到亲爱的雾灵山了。在那里，我与亲朋好友一起，度过了快乐的童年，我们学习阅读、写作，种植并储藏自己的食物，尽享着那片土地带给我们的富足生活。

"我希望用这几页来描绘已被我放弃的那种精彩的生活方式，重温已逝的快乐童年！"

奥莉薇翻过这页，顿了下，又快速翻了几页。

"别停下呀，"我说，"然后发生了什么？"

"没有然后，"奥莉薇说，"剩下的都是空白页。"

"空白页？我们来看看。"王尔德自己翻起那本书，"没错，"他说，"不知是不是意味着……嗯……蜥蜴女王那一口……"他轻轻地拍着奥莉薇的手背，"我很难过。"

"情况不妙，是吧？"奥莉薇的声音特别小，"我猜她不会放弃日记

66

的，除非迫不得已。"

我知道他们在想什么。瑞格纳一定没来得及写下后文就死了。

一阵沉默。我们每个人都在思考，关于死亡，关于失踪的姐姐，关于蜥蜴女王的那一口。

"咳咳，"王尔德转移了话题，"你们自己种食物，是吗？我不了解农业社会的动物，是什么样子的呢？"

奥莉薇把熊掌搁在肚子上，沉思着。

"天空好大好大，"她终于开口说话了，"在悬崖之家的房顶上，你能观赏到远处群山间落日的余晖。夏日的夜晚，萤火虫在树林边闪闪发亮，快活极了。坚果树的枝头上挂满了果实。怡人的河水清澈、纯净、甘甜。阳光洒满广阔的田野，小蜜蜂嗡嗡地飞舞着。"

我在冥想，除了悬崖之家房顶那一句话外，她好像是在描绘野森林！我多希望此刻的我在家里啊！

过了好一会儿，奥莉薇才咧开嘴露出吓人的笑容："如果我来写一篇关于雾灵山的日记，就会讲讲悬崖之家的那间糖果屋，那是妈妈熬焦糖的地方，里面有张大桌子，桌面是大理石做的。她把热腾腾的黏稠糖浆倒在大理石上，糖浆在桌子上慢慢变成大块的长条，滑滑的、扁扁的、黏黏的，还是金色的呢。等到快完全冷却的时候，妈妈用长长的双把儿刀把它切成方形——这个方向咔咔、咔咔，那个方向咔咔、咔咔。要是谁帮妈妈把方块用蜡纸包起来了，他就能立马得到一块，中间还是温软的，飘着黄油的香味。好香啊……"

她闭上双眼，头靠在椅背上。

"我还要讲讲那间书房，里面全是书。"她继续说，"窗边摆着一张大大的睡椅，冬日的午后，大家都喜欢躺在睡椅上，看看书，发发呆。后来，那张睡椅都下陷变形了。还有那个白雪皑皑的夜晚，我们在火炉旁玩起了看手势猜字谜游戏。露比费劲地想比画出一个很难的词，类似'法学'这样的词，大家肚子都笑痛了。"

奥莉薇笑眯眯地回忆着往事。

王尔德也笑了。他说："日记上说，所有的动物都学习阅读和写作，可不会说话的动物呢？"

"哦，雾灵山里没有不会说话的动物。"奥莉薇说，"除了昆虫、蚯蚓、蛙、鱼类……"

王尔德难以置信地盯着她看了好一会儿才开口："好吧，讲讲你们在雾灵山自己种食物的场景吧。"

"哈，好呀。"奥莉薇说，"我们的生存基础就是种植和储存食物，食物总是很多，多得吃不完。人人动手，丰衣足食。奶牛贡献牛奶，鸟儿们饲养小鸟，小鸟长大生出鸟蛋供食用。中型动物帮忙储存食物、管理仓库。大型动物驾驶拖拉机，忙着收割。我们经常一起去悬崖之家吃东西，我妈妈可是个出色的厨师！"

我叹了口气，听起来那里是多么美好啊！

"当然，在雾灵山，我们都是素食者。"奥莉薇补充道。

"都是素食者！"我尖叫起来，"你是说没有肉食动物？"

"没错！"她说，"不过，吃昆虫、小虾和淡水蚌不算犯规，就是我前面说过的那些小家伙。"

我点点头。我自己也喜欢偶尔来点儿小虫子。等一下！"没有猫

68

吗？"我问，只是想确认一下，"或是狗啊，狼啊，狐狸之类的？"

"哦，有些小猫和小狗，还有几只狐狸。他们喝牛奶，吃奶酪、鸡蛋和蔬菜，就像我们熊一样。那里有的是吃的，没必要去伤害你们这类动物。"

后门砰的一声，打破了短暂的寂静。

王尔德一跃而起，叫道："哇！我肯定是忘了锁门！"

我们都冲了过去，想看个究竟，可什么人也没看到。

王尔德朝壁橱瞥了一眼："也没丢什么。"

"那是什么？"我指着餐桌上的一张纸条说，"今天早上还没有。"

王尔德捡了起来。"看上去像封信。"他边说边打开那张纸条，研究了一阵，然后大声读了出来：

蜥蜴女王和她的大部队计划明晚进攻库房，偷走直升机。看完就把这张纸条烧掉。

蜥蜴布朗

"是那个家伙！"我气坏了，"很可能是陷阱！"

"何以见得？"王尔德问。

"我不相信那只间谍蜥蜴，"我说，"他为什么总在我们周围晃来晃去？他为什么要通知我们？我敢打赌这是假消息。"

王尔德重新读了一遍纸条。"也许不是，"他说，"话又说回来，万一是真的，我们不采取行动，奥莉薇就会丢了她的直升机。这还不是最坏的，别忘了蜥蜴女王对瑞格纳的所作所为！不行，我们得认真对待这张纸条。不过——"他停顿了一下，"咱们该怎么办？我们肯定没办法对付上千只鼠貂！"

上千只?

"嗯……他不是说明天晚上吗?"奥莉薇说,"不知道我能不能在那之前准备好离开。我们来看看,我从屋顶把太阳能电池板拿下来,然后装好,再收拾下东西。哦,还要给尼尔斯装个安全带。你确实想搭机回野森林吗,尼尔斯?"

王尔德忙着烧掉蜥蜴的那张纸条。没等我做出反应,他就转过身来说:"这是个绝好的机会,尼尔斯。能在最短的时间内回到家,而且还是一次飞翔的机会!哦,乖乖,我恨不得自己也能去!"他心驰神往。

"当心!"奥莉薇叫道。

"哎哟!"王尔德赶紧甩掉燃烧的纸条。火苗一下子就熄灭了,留下一团灰烬,还有一股烧皮毛的味道。

"没熟。"王尔德在裤子上蹭蹭爪子。

奥莉薇和王尔德都把目光投向我,等待着我的回答。

都是空话,我想。我当然想回家。可花栗鼠不会飞,熊不会飞,奥莉薇库房里的那架大机器也不会飞,只有鸟会飞。

而且,我还没确定是不是想回家。王尔德多友善呀!他会教我阅读,我还想再多走几家商店,没准儿能得到更多衣服和好东西。但奥莉薇已经打算出发了。她手拿瑞格纳的日记,站在门口,看着我,我得作出决定了。

我决定说不。刚要张开嘴巴,奥莉薇先开口了。

"尼尔斯,我得承认这么走有点儿危险,"她说,"但不会像我上次飞行那么吓人。现在,我在飞行方面积攒了些经验,我估计不会遇到什么问题。你知道,上一架机器是我自己造的,用的是木头和布料。而我的新机器是金属的，用人类的元件组装。只要野森林有片草地，或随便什么平整、空旷的地方，我就能降落，咱们就成功了。"

哦，不错，我想，她准备降落，我还担心会被从天上甩下来呢。

奥莉薇用和善的目光望着我，等着我的决定。

"有一片草地。"我回想着，眼前浮现出那片古老而熟悉的大地。我跳下桌子，突然间对回家，对看见妈妈、萝西，还有所有人，有着莫名的兴奋。我迫不及待地想告诉他们所有这一切。

"好，"我说，"我愿意跟你走。"

奥莉薇把爪子伸向王尔德："很遗憾刚刚认识你，就要走了。"

王尔德没有去握她的爪子，转身望向窗外。

他缓缓地说："我也在思索。我不年轻了，却没出过什么远门。我想……嗯……不知道你是否介意，奥莉薇，如果我也一起去呢……我是说，去雾灵山，一起飞往雾灵山。"

奥莉薇想要说什么，可王尔德抬起手阻止了她。

"我知道我们可能失败，"他说，"我也知道你可能到达不了目的地，机器可能发生故障，天气可能出现异常，什么都可能发生，这我知道。可这是我的一次绝好机会！我要去历险，去看看这个世界，去体验毁灭之城以外的生活！去飞翔！去亲眼看看雾灵山！我怎么能错过这次机会呢？你能带上我吗？我说完了。"

奥莉薇笑了："很荣幸有你这位旅伴。"

我也笑了。我好高兴王尔德也去。

出发前大家需要准备准备，在跟着奥莉薇回库房的路上，我看着身旁的巨型建筑，心想，这一切都是真实的，我，花栗鼠尼尔斯，和一只会说话的豪猪骑在一辆摩托车上。我在毁灭之城，这里的一切都是人类制造的。我穿着在玩具店挑选的衣服！我将永生难忘！

到了库房，我们开始为飞行做准备。估计距离遭受进攻的时间，还有一个晚上加一个白天（至少根据蜥蜴的说法是这样，也许他还有别的什么阴谋诡计）。

奥莉薇在直升机上忙活，要给我加个专门的座位。

如果要我说，我还真怀疑这东西能否飞起来。可奥莉薇和王尔德却坚信不疑，我也就不多说什么了。

我和王尔德帮忙安装零件。

奥莉薇环顾库房一周，说："真舍不得这么多好东西，不过，得来容易，去得也快。也许那帮鼠貂能用上呢，留给他们吧。尼尔斯，你想带些小纪念品回野森林吗？"

当然！我给妈妈找了一块柔软的布料，给萝西挑了一条亮晶晶的小链子。还从一本书上撕下一幅画，好让她们看看人类的样子。

"你自己呢？"奥莉薇说，"没有你想要的？"

我正在思考这个问题。

"我很喜欢一个传说，"我说，"是关于一块彩虹色的石头。我总在想，要是能拥有那个东西该有多神气。你没有那种彩虹色的石头，对吧？"

"一块彩虹色的石头？"奥莉薇绞尽脑汁地琢磨。

王尔德说："这里多数石头都是深灰色的。我知道了！大理石怎么样？你有大理石吗，奥莉薇？"

奥莉薇笑了："不在这儿。"

"没关系，"我说，"不过是个念头罢了。我能把水蜜桃罐头上的那张纸带走吗？我那张明信片没了，正好它可以替代。"

王尔德帮我把罐头泡在水里，这样纸就能撕下来了；然后把它晒干，和画还有链子一起卷起来；最后把这些东西都裹在给妈妈的布料里。

那天晚上，奥莉薇工作到很晚，第二天又忙活了整整一个白天，她要检查设备，加固安全带，还要翻阅飞行手册。

王尔德去跟威利告别，他把摩托车和书店的钥匙留给了威利。做完这一切后，他还帮奥莉薇检了太阳能电池板。

我无事可做，就捧起奥莉薇的一本书练习阅读，书名叫《基础航空学》。我实在看不进去，于是又翻起了瑞格纳的日记。

我多希望自己能认识手写体啊！

我一页一页地翻着，想看看我们有没有落下什么。后来，我注意到封面上有一个袋子，于是掀开，钻了进去。

73

亲爱的日记，有时，我会想起巴陀罗，我敢肯定他喜欢我。我想，如果我鼓励他，他就会向我求婚。不过普达建议我先去看看外面的世界。或许我会找到更好的——更帅、更有趣、更让人心动的小伙子。不过巴陀罗多么可爱啊！

再看看我现在！在毁灭之城区间憋闷的陋室里发着高烧，奄奄一息，脚上还被蜥蜴女王咬了一口，只有回忆温暖着我。哦，我真难过！

9

鼠貂的进攻

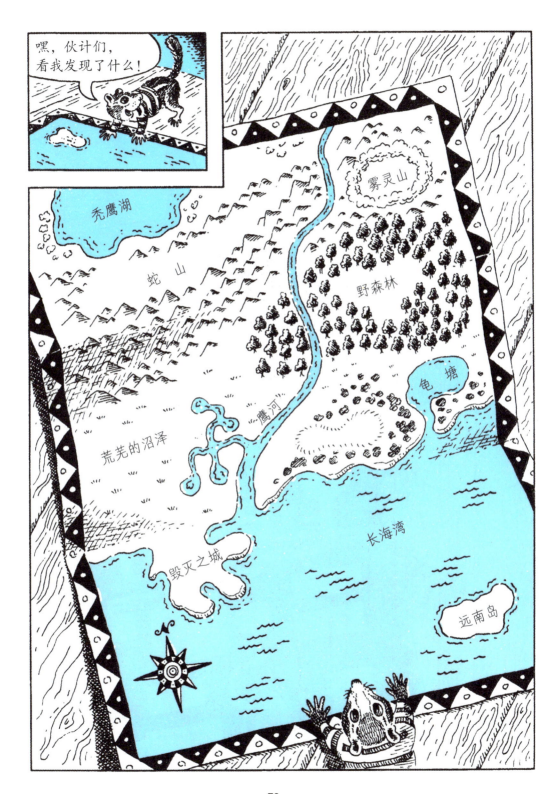

76

尼尔斯，太感谢你了！这张地图正是我需要的。

真有趣。我原来以为雾灵山在森林的西边，一定是风把我刮得晕头转向了。

这儿还有一张！

奥莉薇，这张有用吗？

防御工事

雾圈

雾圈

迷宫

蘑菇穴

瀑布入口

秃石

岩洞

鹰树

我们要冲出去了！

王尔德！我们不能丢下王尔德！

尼尔斯，瞧！
那是蜥蜴女王！

看了这张脸
恐怕要做噩梦。

10

夜间飞行

我死死地揪着安全带，忽然一阵恶心，好像是直升机斜过身转了方向。啊……

"嘿，你干什么？"王尔德朝奥莉薇大喊。

我睁开双眼，只看见毁灭之城上方的茫茫一片，赶紧又闭上。

"我要回去！"奥莉薇回答，"我们得拿走那些地图。"

"可我们已经不需要那些地图了，不是吗？"王尔德叫道，"你已经知道方向了。而且，我们也不需要另外那张——标明密道的那张——我们要飞越雾圈，不是吗？"

"也许我们不需要了，"奥莉薇说，"可我不想让其他人发现那些地图。它们泄露了太多机密！"

我们向奥莉薇的旧库房飞去。一股浓烟正从它的房顶冒出来，被风刮向蜥蜴女王和那些可怕的鼠貂。

"奥莉薇，"王尔德说，"我们应该忘记那些地图。烟气太重，无法降落，而且……"

嗖！一个巨大的火球从库房房顶蹿出来，鼠貂们落荒而逃。从我这里看过去，他们简直像小蚂蚁。"哈哈！有的受了吧，你们这帮渺小的鼠貂！"我大叫。

"哇哦！"奥莉薇喊道，"肯定是我的燃

料罐爆炸了！王尔德，要是火势蔓延到整座城市可怎么办呀？"

"你不需要担心这个问题，"王尔德回答，"这里除了石头和水泥什么都没有。大火很快就会自己熄灭的。"

奥莉薇把直升机升高，围着大火转了一圈。

"看起来，"她说，"那些地图应该已经燃为灰烬了。"

于是，我们又向着北方进发，将大火和浓烟甩在了后面。

西边，橙红色的太阳落山了，白昼的光辉自天边散去。天冷了，我把套头衫的袖子拽下来，盖住了爪子。

月亮出来了，天上群星璀璨。天空的微光与黑土地在远处相交。浩瀚的夜空中，直升机像是在缓缓滑翔。一团团云朵在我们旁边掠过，反射着月光。眼前的一切美极了，像梦一样。

我几乎不敢相信——我，在天上，飞翔！

我们沿着河道一路向北，已经远远离开了毁灭之城。前方就是野森林了，那里有妈妈，还有萝西。

忽然，一只粗糙的手一下捂住了我的嘴，有个声音在我耳边低语："别喊，是我。"

就算想喊也喊不出来呀，我直接咬了下去。伴随一声闷哼，那只手猛地抽走了。我迅速扭头，想看看究竟是谁。

是间谍蜥蜴！新一轮进攻来了？！

"别担心，"蜥蜴低声说，"就我自己。"

"你在这儿干什么？"我小声问。

"还能干什么？去雾灵山啊！"

"哦，是吗？"我放开嗓门儿，"我可不记得有谁邀请过你！"

"嘘！"

"他们听不见，"我说，"我们在下风处。"

蜥蜴在我身边坐下，紧紧抓住座舱的栏杆。

"你最好系上安全带，"我嘀咕着，"万一我们碰上气流呢？"

"没错。哦，我和你挤一挤吧，嗯，我想能挤下。"他一面说，一面挤了进来，根本不顾我的感受。

"你在飞翔熊的库房看见我之后，"他低声说，"我溜了出来，藏在豪猪的摩托车上，跟着你进了书店。"

我扭了扭身体，努力与这只卑鄙的蜥蜴拉开距离。

"我听见你们这帮家伙在谈论那个地方，"他喋喋不休起来，"我是指雾灵山。我当即有了主意。知道我为什么给你们传纸条吗？"

他那双圆眼睛充满期待地盯着我，不过紧接着他就自己回答了："我认为，这是我逃离蜥蜴女王的好机会，所以我这么做了！要是她按照计划顺利地控制了这架飞行器，我就失去这个机会了！"

"可你是她的间谍。"我说。

"不再是了。"他说，"我不是说过了吗，我逃出来了！"他向我伸出手，"叫我布朗吧。"

我瞪他一眼，不过还是和他握了一下手："好吧，如果这就是你想要的。"

"我想要什么，我可不知道，"他说，"我只是介绍下我的名字。"

"哦。好吧，布朗，你好！"我说。

"我好？什么意思？"他问。

"没有任何意义，遇见别人时就要说这句，仅此而已。"我给他解释。

"我和你很久以前就见过了。我不明白你干吗要说这种没有任何实际意义的话。"

"可我们之前没有正式自我介绍。"我说。

"我知道你的名字，尼尔斯，我早就知道了。"

"对，可……跟你说不清楚，算了。"我对他皱了皱眉头，"你就这样上来了，不知奥莉薇会怎么说。"

"我想通过你告诉她，"布朗说，"所以我才先到这儿来。天气真冷，是吧？你知道，我是冷血动物，我需要从周围汲取热量。我挨近你，就会暖和点儿。"

他的脑袋无力地搭在我的肩膀上，开始呼呼大睡。胆子可真不小！

直升机拐个弯儿，已经在野森林上空了。我看见了茂密的树梢，看见了高大的橡树和洒满月光的大草地。我现在很清楚我们的确切位置！

直升机在大草地上空盘旋了一阵，缓缓地降落在草丛中。然后，奥莉薇关掉了发动机。

突然间，万籁俱寂，只有月光照耀着这里。

我到家了！

11

家

没事的，那只不过是一架会飞的机器。

不骗你！我就是坐它回来的。待会儿我再跟你细说。

妈妈！萝西！快出来吧！是我！

尼尔斯？真的是你吗？

妈妈！

97

我去了毁灭之城，在一家人类的商店里拿了这件套头衫。我还吃了罐头！我坐过摩托车，还乘坐直升机在天上飞。看我给你们带来了什么！

太漂亮了！

来，我带你们瞧瞧直升机，还有奥莉薇和王尔德。

没事的！别害怕！

意外坠毁

这是我在飞行中知道的：天空比大地更广阔！

从直升机往外望去，我眼中尽是波光粼粼的河水、层层叠叠的树梢、隐隐约约的群山……也不知什么时候，我睡着了。

当我醒来的时候，我们还在飞行。在天上没什么可做的。天很冷，我好饿，布朗挤着我。风景依旧。

我又睡了一会儿。醒来时，我浑身僵硬，而且饥肠辘辘。

"过去点儿！"我冲沉睡中的蜥蜴吼道，顺手推了他一把。可这招儿不管用，他正好倒在我身上。

奥莉薇和王尔德正在说话。王尔德指向右边，奥莉薇点点头，调整了方向。

我也朝右望去，一座雾蒙蒙的山顶映入眼帘。我赶紧坐起来，挺直身子，终于清醒了。

一座雾蒙蒙的山顶！那不正是我们期待的目的地吗？

我们直冲山顶飞去。王尔德回头看看我，指着那里大喊："就是那儿！我们成功了！"

直升机第一次猛烈晃动时，我惊呆了。

一块巨大的石头砸向直升机，弹开后，划过天际。太奇怪了！

第二块石头砸过后，直升机向

一边倾斜，然后头朝下撞向地面。我不禁大呼小叫。布朗醒了过来，死死搂着我的脖子，我都快喘不过气了。

"放开！"我尖叫一声，同时给了他好几拳。

又是一次晃动，不过这回没那么厉害了。

直升机正过机身，悬在半空，被一个银色大罩子吊着，是紧急下降缓冲系统发挥作用了！我们有救了！

我们慢悠悠地向下飘落着。

没有人说话。

我们落在一棵大树的树枝上时，还是没有人说话。

"大家都还好吗？王尔德？"过了许久，终于有人开口了，是奥莉薇。

王尔德咕哝着："嗯。"

"尼尔斯？布朗？"

"我们都没事，"我说，"怎么了？"

奥莉薇抬起头，指指两个正朝远方飞去的深色背影。

"鸟吗？"王尔德问。

"是鹰。"奥莉薇说，"好像是他们往机身上丢了大石块。"她垂下脑袋，"太抱歉了，眼看就要到家了，我被兴奋冲昏了头，把他们忘得一干二净。去年春天我离开这座山时，考虑到这些家伙不喜欢飞机靠近他们的窝，所以就飞了另一条路。今天我竟然忘了。瞧，从这儿就能看见那个窝。"

我放眼望去，看见了老鹰飞落的树——光秃秃的树枝伸向天空，树梢上是一个乱糟糟的鸟窝。我不禁一阵战栗。

　　"他们不在山里捕食，"奥莉薇好像察觉到了我的恐惧，"他们的祖先与我的祖先签订过一个协议，当然，他们不会想到坐在直升机里的是我。"

　　"他们一定以为这个飞行大怪物要撞向那个窝。"

　　飞行器的螺旋桨叶已经被撞得弯弯曲曲，王尔德仔细检查着："不知道损坏有多严重。"

　　奥莉薇抓住座椅靠背，将那硕大的身躯探过去查看。突然，整架直升机斜过机身，颠簸着朝地面栽去。

　　我紧紧攥住安全带。

　　树枝折了，伴着一阵噼里咔嚓的声响，我们乘坐的直升机又向下横冲直撞了十几米，直到卡在一段更粗壮的树枝上。

　　"呀，"奥莉薇喘着粗气说，"不好意思，各位，你们最好在我重新试飞前离开机舱。尼尔斯，你和布朗能出去吗？"

　　我动手去解安全带。"布朗在睡觉呢。"我轻轻推了他一把，"快醒醒，布朗。"

　　他睁开眼睛，瞧了一眼，又合上了，说："冷……睡。"

　　"他是只冷血动物。"我解释。

　　"没关系，"王尔德说，"尼尔斯，你走前面，我来背他。"

　　我解下安全带，沿着一根树枝向大树主干爬去。我蜷缩着身体，紧贴树枝，努力不往下看。虽然我以前住树洞里，但我可不是一只真正的树栖动物——比如，像松鼠那样。说到松鼠，我还从没见过呢。我们肯定会把他们吓跑的。

　　王尔德小心翼翼地爬上他的座位，用爪子刨出几个盒子，收拾出一些必需品，然后，抱起昏睡中的布朗，放进自己的背包，和我一起贴在树干上。直升机不再摇晃了。

"你们三个都下去，"奥莉薇喊，"离树远一点儿，我得砍断降落伞，把直升机弄下去。"

"你疯了！"王尔德叫道，"你会没命的！快躲开！"

"我会小心的，"奥莉薇向他保证，"去雾灵山不能没有这架直升机，可在树枝上根本无法修理。你们快走吧，到了安全地带吹声口哨告诉我。"

"好吧，"王尔德嘟哝着，"固执的熊。"

我在王尔德后面，尽量跟住他。我紧紧抓住树皮，颤颤悠悠地从一个树枝跳到另一个树枝，最后落到了地面，我们赶紧跑到另一棵树下，那里很安全，我才松了口气。

王尔德吹了一声口哨，那声音是尖锐的，响彻四野，令人毛骨悚然。

我尖叫着捂住耳朵，可还是太迟了。"你该事先提醒我一下。"我说。

奥莉薇显然听见了哨声。事实上，我想整个世界都听到了。

过了一会儿，从树的高处传来一阵噼啪声，那是东西从树枝间掉落的声音。我们都屏住了呼吸。布朗却还在呼呼大睡。

"当心下面！"奥莉薇大吼一声。

我和王尔德靠紧了那棵树。不一会儿，伴着吓人的哐当一声，直升机向地面冲来，除了一堆干枝枯叶，奥莉薇也跟着落了下来。

我和王尔德跑过去看直升机的遗骸。

王尔德摇摇头。"没办法修了，"他说，"没有工具，无论如何也修不了。"

奥莉薇从直升机中跳了下来，站在我们旁边。

在荒山野岭中，我们一群动物站在一堆破金属面前，实在是太悲壮了。

奥莉薇不再提修理直升机这回事了。

　　一阵冷风吹过树林。我打着哆嗦，不过很高兴自己并不孤单。

　　"我们现在该做什么？"我问。

　　奥莉薇转身走了。"我想去打个盹儿，"她嘟哝着，"冷天让我想睡觉。"

　　"没错，我也是，"我打着哈欠，环顾四周，"找个舒服的地方……"看见奥莉薇的大块头，我改口说，"或是一个大洞，我们可以明天再计划以后的事。"

　　"你们不能睡，"王尔德说，"就这样睡过去可不行。你们要睡到明年春天才会醒，就像背包里的布朗！不行，我们得烧堆火，附近有许多干树枝，奥莉薇，你去捡点儿大树枝。我和尼尔斯来生火。振作起来，加油！"

"专横跋扈。"奥莉薇向我小声抱怨。

"我可听见了！"是王尔德的声音。

在王尔德的逼迫下，我们围着岩石点燃一圈篝火。大家坐下来，注视着温暖的火苗。王尔德撬开一听豌豆罐头，我们津津有味地吃开了。

不用多想什么，这种感觉真好。可没过多久，奥莉薇的嘴里发出咕噜咕噜的声音，是低级语言，大意是："见鬼！"我迅速后退。

"对不起，"她歉疚地说，"只是因为目的地就在眼前了！要是我记得带上那张地图，我们现在就能走密道了！"她推开豌豆罐头，情绪一下子落入了低谷。

"首先，我不该把你们带出来，"她开始埋怨自己，"其次，我应该记得带上地图。现在好了，瞧瞧我把大家带到了什么鬼地方！"

"后悔是毫无意义的，"王尔德说，"何况我们也想来这里，你不必自责。我们要做的是，面对现实，制订计划。好在大家都没受伤，而且还有食物！"他看看周围，思考着我们的处境，"你们想怎么办？拼一次，走进雾灵山？还是藏在这里过冬？或者，徒步走回毁灭之城？"

"走进雾灵山！"我喊。

"哼哼，"奥莉薇语气轻蔑，"你们根本就不知道这句话意味着什么。这里的雾是毒瘴——一旦进入，永无出路！除了那条密道外，根本就没有通向雾灵山的路。"

"那么，"我说，"去走密道怎么样？"

"怎么样？"她立刻反驳我，"咱们根本找不到。"

"可以试试嘛。"我说，"这儿有鹰树，地图上标着这棵树。我们只要去寻找壳石和瀑布入口，还有——"

"尼尔斯，你在说什么？"王尔德问。

"密道呀！"我说，"你看见那张地图了，大家都看见了！"

"我只是瞥了一眼。"王尔德说。

"我看了，"奥莉薇慢吞吞地说，"你一提，我就想起那上面的鹰树了。其他的，我可就想不起来。"她坐直了腰板，"尼尔斯，你还记得清地图吗？能画出来吗？"

我拾起一根小树枝，在地上画出几条线。

"记不全，"我有些遗憾，"在最下面有个叫壳石的地方，鹰树在这里。有个蘑菇穴，大概在这儿，岩洞在这儿，还有瀑布入口……"

"太不可思议了，尼尔斯！"奥莉薇说，"你是怎么记住这么多地方的？你只看了一次啊！"

"他有非凡的记忆力。"王尔德说，"可能是因为他背诵过那些传说。"

"我没记全。"我谦虚地说。

"对，这是关键问题，"奥莉薇说，"要是根据这幅图走，万一我们出发之后迷了路，在雾气中丧生了呢？"

"嗯，"王尔德说，"入口不难找，进去至少有个藏身的地方。但要

109

找到像壳一样的岩石，那该多困难呀！"

火焰给布朗带来了温暖，他从背包里探出脑袋问："我们还在这儿?"

13

毒瘴的威力

这里的石头多得不计其数，大大小小，形状各异。

这块有点儿像乌龟壳。

这些石块都很像乌龟壳。

这块看起来像是有利爪挠过。尼尔斯，你确定地图上说的不是爪石吗？

不对，是壳。禾——几。

禾 — 几?

尼尔斯,那是秃,
就是什么都没有的意思。

不是乌龟壳的壳吗?

不是,壳和秃的上半
部分不一样。

哦,看起
来很像。

别沮丧。作为一个
初学者,你已经相
当出色了。

没错。知道吗?我们刚刚路过
一块秃石。快来!

看那儿！咱们刚路过时，我就注意到它了。其他石头上长满了青苔，可这块上面却光溜溜的，什么都没有。

肯定是秃石！我们有线索啦！

咱们去看看。这附近可能有密道的入口。

啊哈！

真滑！

他怎么就上去了？

他的脚趾上有吸盘。

什么都没有!

我这就上来!

这个洞像是钻出来的。我得把爪子抠进去看看……

咔嗒!

哇!

还等什么呢?

这附近一定有蘑菇。

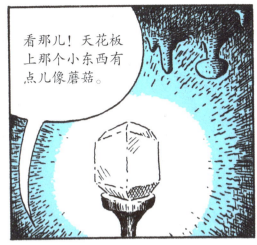

看那儿！天花板上那个小东西有点儿像蘑菇。

我去看看。

咔嗒！

轰隆隆轰隆隆隆！

这里一定是岩洞。

从没听说过还有这么个地方。

真酷！

奥莉薇，看，岩洞背后有瀑布。

地图上写着什么"瀑布入口"。

咱们去看看能不能找到！

在这里！瀑布后边有路。

尼尔斯，你还记得地图上写着这个入口通向哪里吗？

是个笔画挺多的词，米——口……

迷宫！我现在想起来了！

对，好像是这么画的……

唰唰！

地图上写了怎么走迷宫吗？

哦，你是指那条虚线吧？

大概是这样画的。

我觉得，咱们就到这里为止吧。

我认为应该继续。

想继续走的说"同意"。

同意！

　　起初是卜喔卜喔，然后是谁跳起了生命之火。

　　就是这样！突然间，对我而言，一切都变得明朗起来——生命的意义，世界的起源——一切的一切！假如能甩掉所有喧嚣，我就能集中精力……记起……走开，让我一个人待着，我必须想起来……

　　"尼尔斯，快醒醒！你没事吧？"

　　是那只招人烦的蜥蜴。他正歪在我的胸脯上，冲着我的脸大喊大叫，还在我的脸颊上乱拍乱打。

　　"走开！"我挣扎着站了起来，环视周围，"卜喔卜喔在哪里？生命之火在哪里？"

　　"什么是生命之火？"布朗问。

　　"嗯？"我这才看见大家还在密道里，奥莉薇和王尔德都还睡着。

"你刚刚问我生命之火的问题。"布朗说。

"我问过?"有个印象渐渐从我的记忆里消退,我觉得那个印象至关重要,可它已经溜走了。

"哎哟哟哟……"王尔德呻吟着,"别再转了。"他捂着脑袋站起来。

奥莉薇也醒了。"那个美妙的气味是什么?"她问,"是焦糖吗?"

"是薄荷。"布朗说。

"什么?"奥莉薇说。

"薄荷。"布朗重复了一遍,"雾气的味道像薄荷。"

"雾气!什么意思?"奥莉薇挣扎着站起来,嗅着空气,四处张望,"我们这是在哪儿?你怎么会知道雾气的味道?"

"别紧张,"布朗说,"我们现在已经出来了。"

"现在已经出来了?"奥莉薇大叫,"你是说,我们曾经在里面?"

"奥莉薇,你不是说过嘛,雾气会让你变得疯疯癫癫。你会失去知

觉，然后就再也出不来了。"

"没错，大人们就是这么说的。"奥莉薇同意我的话。

"是这样的，咱们走入了一条隧道，你们三个就开始变得疯疯癫癫。然后，我就闻到薄荷的味道。那里湿气很大，而且雾气腾腾的，这就让我想到了你说的毒瘴。你们几个根本不听劝，我只好想办法把你们骗回来。再然后，你们就昏过去了。隧道就在那里。"布朗指了指，"看见了吧？我在它前边打了个X，这样咱们就不会再走进去了。"

"我可不相信我们进过雾里，"奥莉薇说，"一旦进入，永无出路，那个警句是这么说的，所以，我们怎么可能进去又出来了？"

王尔德说："肯定有某些动物出来过。否则，别的动物怎么会知道还有这样一个地方，知道它的威力这么大？"

"你们不记得卜喔卜喔了？"布朗问。

"卜喔卜喔！"我叫着跳起来，"就是这个！"

"什么？"王尔德说。

"我想不起来了。"我又坐下来，"但它很重要。"

布朗把细节讲了一遍，我肯定那是真的，我几乎也要回忆起来了。

"嗯，如此看来，走密道没那么容易。"王尔德说，"这个迷宫隧道很可能直接通向雾气。"

"没错！"现在我想起来了，"地图上有几个小圈上标着'雾圈'！"

"不早说！"王尔德说。

"如果大家都在雾里，你为什么没有疯呢？"奥莉薇问布朗。

"我也不知道，"布朗说，"一定是哺乳动物才会疯。"

"你是说，爬行动物不受雾气的影响？"奥莉薇沉思着，"有这个可能。雾灵山上根本没有爬行动物。"

"一只都没有吗？"布朗问。

"也许爬行动物不喜欢北方的气候。"王尔德说。

我看着那条打了X的隧道，问："怎么才能避免走进另一个有雾圈的隧道呢？"

"我也一直在想这个问题。"布朗说，"可以这样，我先进去，你们跟在后面，如果没有闻见薄荷味，我就叫你们。"

不得不说，这需要相当大的勇气。

王尔德说："布朗，你怎么看路呢？这支火炬对你来说太大了。"

奥莉薇拾起火炬，开始琢磨那块发光石："也许我能敲一块下来。"

她从地上找了块石头，去敲发光石的一角。

"看起来火炬是由坚硬的物质做成的。"她说，"拿宝石一类的东西才能切下来。"

布朗说："我有宝石！"

奥莉薇看着他："不好意思，布朗，你刚才说你有宝石？"

布朗在他的衬衣下面翻找起来。我想起第一次见到他时，他说过从蜥蜴女王那儿获得珠宝的事情。我很想看看他衬衣下面还有什么，可他转过了身，我看不到。

奥莉薇接过钻石，拿到火炬旁，钻石立刻星光熠熠，耀人眼球。

"不行，"奥莉薇又把宝石塞给布朗，"太漂亮了，我可不敢保证它会完好无损。"

布朗没有接钻石。"继续吧，"他说，"不过是块石头。"

从他嘴里说出这样的话，让我惊讶不已。他曾经多么珍爱那些美丽的珠宝啊！

奥莉薇望着布朗。

"继续吧，"他又说了一遍，"如果我们走不出这里，钻石对我而言就没有任何价值。"

奥莉薇叹了口气："你说得没错，也许我只需划一小下。"

她先用钻石绕着发光石的一角，切出一条细细的线，然后拿钻石轻轻去磕那个小角，一小块发光石奇迹般地掉了下来，滚落在布朗的脚边。

布朗拾起小碎块，捧在掌心。奥莉薇把钻石放在它旁边。两块石头照亮了布朗那张满是鳞片的面孔。他笑了，亲了亲钻石，然后匆匆塞回衬衣里。

"那咱们走吧。"他勇敢地踏进了一条未知的隧道，"别跟得太紧，没危险我就会叫你们的。要是有什么气味，无论是薄荷味还是其他什么，我都会回来的。"

我们与布朗手里那个微弱的亮光保持着安全距离。每条隧道又通向好多个隧道的入口。一切都是那么神秘莫测。还好，王尔德拖着根小树枝，把我们走过的地方都做了标记。

有两次，布朗匆忙跑回来，让我们躲开。然后，王尔德就在那个隧道的入口处打个X，大家再去试另一条。有时候，布朗走到了一条死路上，王尔德就会在那个隧道入口处画个O。

这么走了一会儿，我们停下来吃东西。大家都沉默寡言。

吃完东西，大家睡了几个钟头。谁都不知道在里面待了多久。然后，我们又上路了。

如果没有王尔德一路做的标记，我们很可能在里边绕圈子，而且浑然不知！当然，如果不是布朗在前面探路，我们很可能已经葬身毒瘴了。

没有人再问我地图的事情。

忽然，我看见前面布朗那个亮光越来越大。他在往回跑。

"我发现一个东西！"布朗大叫，"这又是一条死路，不过隧道里是间密封舱，正面写着'冰冻科学家'。"

"地图上好像没有这个。"我说。

我们跟着布朗回到那条隧道，果然见到一间密封舱。

奥莉薇举起大火炬。

"冰冻科学家。"我读道。当然，布朗已经告诉我们上面的字了。下面还有好多字。"按……红……"我开始仔细阅读。

"按下红键激活程序。"布朗一口气读了下来。

133

臭显摆！

大家都没动静。我终于忍不住开口了："我们不该按那个键吗？"

"稍等！"王尔德说，"奥莉薇，你知道这个东西吗？"

"不知道。"她说，"不过这也很正常，也没人跟我具体讲过密道、岩洞这些啊。"

"是不是雾灵山的哪个动物科学家？"王尔德问她。

"不是。我想，大概是建造这座山的人类科学家，人类统治时期的科学家。"

"啊哈！"王尔德说，"一个人！我们可不想见到任何人类，谢谢。瞧瞧他们最后在这里干的好事！"

"我觉得你并不知道他们做了什么。"我说。

王尔德瞪着我："我当然不清楚他们到底做了些什么，"他承认，"可谁都知道，他们几乎毁了整个地球，毁了生活在地球上的一切生物！"

"我倒觉得，地球现在运转得很不错，"我想起了野森林里那些高大的坚果树，"不管怎么说，如果这里面有人类，我很想看看。"

奥莉薇擦了擦小玻璃窗，朝里面看去："好像是空的，只有角落里有件破衣服。"

"解冻一件破衣服干吗呢？"我说。

"我们去瞧瞧，"布朗说，"打开门吧。"

"别急！"王尔德走近密封舱的门。他浑身的大刚毛都支棱了起来。

我和布朗向后退去。

"你可不能相信人类，"王尔德说，"空舱也许是假象，没准儿会从里面跳出一只大怪物！"

"要我说，还是按下那个键吧。"我说，"上面说要这样做的。"

"要我说，咱们还是打开门瞧一瞧吧。"布朗说，"奥莉薇不是说那里是空的吗？肯定有谁很久以前就融化了这个科学家，有很多熊曾经来过这里，是不是呀，奥莉薇？"

"是的，他们来过，可他们走的也许不是这条路。我的意思是，如果他们已经知道了正确路线，就没有道理再走这条特殊的隧道，对吧？我们认为，建造雾灵山的那位科学家是个好人，"她慢悠悠地补充道，"我们可以顺着他指的方向走。"

王尔德皱起眉头，双臂交叉放在胸前，转身离开了密封舱。奥莉薇看向我和布朗。我们两人都点了头。她按键了。

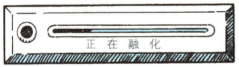

什么都没有发生。

奥莉薇耸耸肩，朝窗户里看去。

"瞧！"布朗指了指。

在指示牌下面，出现了一个红条，红条下面是红色的新指示，写着"正在融化"。我们都盯着移动的红灯。

哔！它开始向右移动。哔！哔！哔！红灯一直向前走，停下来后，"正在融化"的指示也消失了。

我们眼都不敢眨，紧张地等待着。

接着，白色的字闪了一下，又没了。

"完全融化，完全融化。"

咔嗒一声，密封舱的门缓缓打开了。我们一拥而上。就像奥莉薇说的那样，除了角落里的一件破衣服，里面空空如也。

等等，衣服动起来了！

"呀！"我蹦到了王尔德身后。

破衣服四处乱窜。奥莉薇够着它，用一只爪子拿了起来。

15

冰冻科学家

口袋上这两个字肯定是他的名字——比尔。

比尔，等一下！

他要干吗？

跟上他！

希望他知道自己要去哪儿。

他在够那块钟乳石。

现在，这一切都
是我熟悉的了。

我到家啦！

这是一楼，储藏室。

16

雾灵山

"妈妈！"

奥莉薇激动地大喊。

"奥莉薇，我的好女儿！你可回家了！"一头矮矮的、圆滚滚的熊跳了起来，用双臂搂住奥莉薇的腰。

一头小熊在门口探头探脑，继而尖叫一阵，跑了出去，大喊："奥莉薇回来啦！"

来了好多熊，最大的那头就是奥莉薇的爸爸。

"普达在这儿！"有人说。吵闹的欢呼声渐渐减弱。

"奥莉薇，"他咆哮着，"你终于决定回家来了。你妈妈开心死了，不过，你要好好解释解释。"

为了安全起见，我决定在桌子底下躲一躲。

奥莉薇看上去没那么多顾虑。她笑着和普达击了一掌："我有很多很多事情要告诉你们！"

我在桌下见到还来了好多动物——兔子、松鼠、老鼠，甚至还有花栗鼠和一对豪猪，还有水獭、小鸡、浣熊、臭鼬。一头驴子把头伸进了窗子，一

只鸭子一摇一摆地从我身边走过。

我甚至还看见一只笑眯眯的猫和一只圆滚滚的狐狸。其他动物都不怕他们。一只老鼠在跟猫说话，另一只则斜靠在猫身旁。

不过，我还是很庆幸没谁能看见我，我藏在一条桌子腿后面。

奥莉薇在描述毁灭之城："我在那里遇见一些特别好的动物，而且，我还带了几只回来！"她四处张望，寻找我们，"你们在哪儿呀？"

王尔德向前走了几步。

"哦，你在这儿呀。这是豪猪王尔德，住在毁灭之城的一家书店里。他读的书比我还多呢！"

王尔德咕哝了几句，便拿眼睛盯上了地板。

"尼尔斯呢？"奥莉薇说。

我偷偷朝外看了一下，轻声道："奥莉薇，这里！"

她向我伸出一只爪子，把我放到了桌子上。

"没有这只来自野森林的花栗鼠，我们就不可能找到密道！"她大声说，"当然，还有蜥蜴布朗，是他带大家走出了迷宫！"

布朗跳了上来，跟我站在一起。他微微鞠了一躬。动物们都目不转睛地看着他。奥莉薇说过，雾灵山没有爬行动物，所以我估计，他们有点儿好奇。

奥莉薇开始给大家讲那些鼠貂。

有人在我身边摆了一碗蜂蜜果仁，真香啊！还有许多好吃的呢，面包、水果、果仁、奥莉薇喜欢的焦糖（味道不错，就是太黏），等等。

奥莉薇已经讲到我了，讲到别人都没记住地图，只有我记得。我喜欢听这段。我喜欢满肚子都是食物时，那种沉沉、暖暖的感觉。我喜欢一双双闪闪发亮的眼睛，一张张兴趣盎然的面孔聚拢在我周围。

我听见奥莉薇说："然后，布朗跑了回来，对我们说有个密封舱，上面写着'冰冻科学家'……"她突然停住了，目光从我身上移到布朗，又移到王尔德，"比尔在哪里？"

"比尔？"奥莉薇的爸爸问，"比尔是谁？"

"比尔就是那个冰冻科学家！"奥莉薇说，"爸爸，我就是想给你讲他的事情。他是一个非常非常小的人。我们猜，他肯定是在冰冻舱里被缩小了。是他把我们带到防御工事的，可我们却把他弄丢了！"

"一个人？"爸爸惊呆了，"你是说人类？"

我对奥莉薇说："他跟我们一起穿过了密道的门，到了防御工事里。"

"我也看见了，"布朗说，"他当时在看那些机器。"

王尔德说："后来还有谁见过他吗？"

"没有。"

"没。"

"我没见过。"

我和布朗从桌上跳了下来。

奥莉薇说："其他动物最好在这儿等着，别吓着他。"

我们连忙沿原路返回，朝防御工事赶去。其他动物都在厨房等待。爸爸除外，他和奥莉薇冲在最前面。

"可奥莉薇，"我听见他说，"一个人？你确认吗？你说那是我们的科学家？雾灵山的科学家？他在防御工事里做什么？他不危险吧？"

"我不知道，普达。"奥莉薇回答，"他不说话。"

防御工事在悬崖之家下面的一大片房间里。大机器嗡嗡地响着，运输水，控制温度，甚至（我后来才知道）制造雾气！

"比尔？"奥莉薇叫道。

"万一他把防御工事搞乱怎么办？"普达的咆哮简直震耳欲聋。

"别吓着他。"奥莉薇说。

我在地上转着圈跑，搜索着每个物件的下面。毕竟，比尔跟我一样小。布朗爬上了墙壁，这样他就能鸟瞰整个房间。他发现了比尔。

"他在那儿！"布朗用手指着，大叫。

比尔正盘着腿，坐在一个大水箱上，对着发光的仪表盘、旋钮、条形图和开关微笑。

"他直冲着操作台去了！"普达悄声说，"不过还好他没碰任何东西。"

"你们确信他还活着？"普达继续说，"他看起来很像花园里的雕像。"

（后来我们在花园看见了雕像，我才明白普达的意思。雕像的脸上挂着相似的微笑。）

比尔安安静静地走了下来。他看起来一点儿都不害怕。当普达伸出大掌给他时，他笑了，那爬上爬下的熟练劲儿，就好像他一辈子都骑在熊掌上一样。他对普达的大指头特别感兴趣。

可是，普达的问题他一个也没有回答。

大家回到厨房后，普达把比尔放在了餐桌上。比尔拿起一串葡萄，闻了闻，又笑了笑，便一口咬了下去。动物们都盯着他瞧，他也满脸笑容地看着大家。

一两分钟后，我小心翼翼地沿着墙根挨近了奥莉薇的妈妈，碰了碰她的胳膊，她朝我笑了笑，于是，我跳到她耳边，窃窃私语了几句。

她点点头，走到一个抽屉面前，从抽屉里拿出了一件小衣服，递给比尔。比尔接过衣服，裹在了身上。现在我觉得正常了。人类赤裸裸的样子实在不对劲。人就该是穿着衣服的啊。

那天晚上，我们睡在悬崖之家里一张人类的床上。

第二天一早，一位花栗鼠姑娘把我们叫醒了。"起床啦，起床啦，初来乍到的懒虫们！"她顺着床腿爬上来，一路唱着，"奥莉薇让我带你们在雾灵山转转。"

不过，第一站是早餐。

奥莉薇的妈妈在做早餐，我在一旁看起来。她把牛奶、鸡蛋、小麦面粉放进碗里搅拌成面糊糊，然后倒了一些在一个烧热的平底锅里，再上下翻个个儿，这样，两面就都烤成了金黄色。她管这叫煎饼。奥莉薇在煎饼上撒了浆果，浇上枫叶糖浆，请大家品尝。味道很不错呢！

我们的花栗鼠向导叫克拉拉。她蹦到前面招呼我们："请走这边，我们要开始游览悬崖之家的花园了。这里所有的花都是从一开始就在这里了，是人类种植的！"

这里是一整片山野，枝繁叶茂，鲜花盛开。还有平滑的石子铺就的小

路，是专为熊准备的，树丛下面流淌着条条小溪。簇簇花团上，映出属于太阳的金色与红色。一些树叶已经变成金黄色，真是美不胜收。

矮墙也是用石头砌成的，还有供野餐用的石凳和碗，下雨的时候石碗里就会盛满雨水；还有一座雕像，笑眯眯的样子很像比尔。

"你们发现没有，这里还温暖如春呢，"布朗说，"山外可不行，冷得让我直哆嗦。"

"直哆嗦？"我轻蔑地哼道，"你当时睡得不省人事！"

"因为有防御工事，"克拉拉解释道，"它们控制着温度和雾气，让这里比周围的山区暖和。它们还延长了生长季节，使这里更适合我们居住。"

"快来呀！"她在前面蹦着，迫不及待地要把这里的一切都展示给我们。

我们来到一溜用玻璃盖起的房子前。克拉拉领我们从一个小门进去。"这是食物种植的起点。"她介绍着。

"啊哈！"王尔德说，"温室！"

里面又温暖又湿润，满是绿色、生机勃勃的植物。我想，这就是它们叫温室的原因吧。

小动物们正在辛勤地间苗，免得苗挤在一起。小动物告诉我们，这些幼苗要在温室里生长整整一个冬天，明年开春就可以移到室外了。

"在这座山里，所有动物都会伸出友谊之手，帮助别人。"克拉拉说，"这一点是顶顶重要的。"

布朗喜欢温室里那种暖洋洋的感觉。"太棒了！"他说，"在这儿工作我会很开心！"不过，小动物们都胆怯地转过了脸。

之后我们去了奶牛棚，里面空荡荡的，因为奶牛都在外面的牧场里。奶牛棚里暗暗的、香香的。

接下来我们去看那些奶牛。看上去，他们过着幸福的生活，在牧场里吃东西，在大棚子里睡觉，也为大家供应牛奶。

"我们生产出很多优质牛奶，"其中一头牛对我说，"很高兴做自己力所能及的事情，同样地，熊也会为我们种植和收割干草。"

我渐渐明白了。

还有一个大棚子，里面堆满了大货车和会跑的机器，有研碾机和收割机等。

"奥莉薇就在这里工作，"克拉拉说，"她对机器很在行。"

我点点头："我们知道。"

王尔德对农活儿很感兴趣。他说，这个地方的整套配置让他想起中世纪的城堡。"很像是亚瑟王在位的时期，尼尔斯，你知道亚瑟王的传说吗？还有圆桌骑士、兰斯洛特、梅林？"

"我知道梅林，他是个魔法师，把一个男孩变成了一种动物。"我说，"不过，我觉得这是虚构的。"

"就是这段！"王尔德说，"那个男孩长大了，就成了亚瑟王。这个故事当然不是真的，哈哈！一个人怎么可能变成动物呢？可是，世上真的存在中世纪城堡，被护城河环绕着，有点儿像这里的雾带。他们自己耕种，动物们下蛋、产奶……"

他好像不太舒服，换了个话题："克拉拉，下一站去哪里？"

下一站是地下城堡，在那里，我们见到了她的家人。

克拉拉说："你们可以叫我们小不点儿或者花栗鼠，都行。这么叫挺方便的，我们大家都是小不点儿。尼尔斯，你也是。"

小不点儿？哦，好吧，反正我是一只花栗鼠，我引以为荣。

在地下城堡，他们有自己的工厂和仓储室，那里的地下通道直接通向悬崖之家的地下室。他们还经营各种小生意，比如裁缝铺什么的。我定制了一件新套头衫。他们给比尔量了量尺寸，准备给他做几条裤子和一件新的白色外套。王尔德个头太大了，只能在外面等着。

我们和克拉拉一家人吃了午饭——果仁三明治。然后，我们去了植物园，那里长着大树、苔藓和蕨树丛，还有一条潺潺的小溪。

我们沿着小溪，路过一处生活着海龟的池塘，又走回一条硬邦邦的土路上，穿过蔬菜园、鸡舍和几座人类的石砌建筑，最后来到"小动物公寓"。奥莉薇正在那儿等我们。

"你们喜欢这儿吗？"远远地，奥莉薇就大叫起来，"你们是第一次来，真希望能亲自带你们走走，不过，你们肯定急于看看这里的一切，而妈妈和普达那里又需要我。他们正在为我们准备一场盛大的欢迎庆典！就在明晚。到时会有音乐、舞蹈和数不清的美味，你们会在那里见到所有动物。"

奥莉薇把我们带进了公寓。

152

这是一座人类的建筑，现在成了小动物们的住宅，不过入口处还是很大，足够奥莉薇和王尔德进入。这所建筑就建在悬崖之家下面的半山腰，从那里能透过雾气，眺望远处的群山。

"这儿不错吧？"克拉拉说，"我就在这里住，三层还有一套空房子。你、布朗还有比尔可以搬进来住。想去看看吗？这里有电梯、各种电器，还有自来水。我们有整套厨房设备，还有一个公共活动区，当然，你们也可以在自己的房间里做饭。"

我们当然想去看看。奥莉薇带王尔德回悬崖之家了，我们去看公寓。一进去，就有人为我们端来了吃的。

布朗说："就住这儿吧！"

我们坐在窗前的餐桌旁吃着东西，一边欣赏夕阳落山。不一会儿，比尔就趴在桌上睡着了，克拉拉扔下我们，回她自己的房间去了。

我四处转悠，打开电灯，看了看睡觉的地方。

"这里够冷的，是吧，布朗？"我关上一盏灯，又打开。

布朗正忙着从衬衣底下掏出一个小袋子。"喏，我有个东西要给你。"他交给我一个用彩纸裹着的小包。

"给我的？"我迅速打开。

是一块光滑的石头，彩虹色的石头！这是我见过的最最漂亮的东西！从里面发出各种耀眼的颜色，亦真亦幻。我惊讶不已地把目光移向布朗。

"我听你说过，"他开始解释，"你想要一块彩虹色的石头。这是一块黑欧泊。"

"是块宝石，对吧？"我摇了摇头，"我不能要，它太漂亮了。"

"不，它不是宝石。"他说。

"是的，是宝石。你为什么要送我礼物呢？我没送过你任何东西。"

"你说什么？你不想要？好吧，还给我。让我俩都忘了这件事吧。"

他伸出手来。

我把彩虹石紧紧地攥在胸前。这是我的宝贝！

"瞧，"他说，"要不是你，我现在还在毁灭之城当奴隶呢。而且我还打算把你献给蜥蜴女王换红宝石来着，我感到很内疚，明白了吗？这是表示友好的礼物，你要，还是不要？"

"要，"我说，"我太想要了。谢谢你，布朗。我多希望自己也有礼物送给你啊！我一直对你不太友好，可是，是你把大家从雾中救出来，还有……"

"好了，别说了。"布朗说，"去睡吧。"

我把我的宝石悄悄藏在了床下。

"布朗？"

他咕哝了一声。

"你期待明晚的欢迎庆典吗？"

没有应答。布朗已经进入了甜蜜梦乡。

庆典

157

不过我就是奇怪——在大雾中四处游逛，不会迷路吗？

多加小心就不会。想从屋顶看看这里的全貌吗？

爱尔姑姑！你在和尼尔斯聊天啊。

我正打算带他到屋顶看看全景。

棒极了！我也去呼吸一下新鲜空气。

大家都去哪儿了？

去屋顶了！我要把比尔装在篮子里。

想想人类统治的末日，环境被污染得一塌糊涂，冰山都已融化，全世界的科学家都在寻找解决办法。也许比尔就是见证事态发展的科学家之一。

他决定给动物们建造一个安全的居住地，于是筑就了防御工事。他把动物们集合起来，把自己冰冻上。说不定某个地方的某位科学家就有同样的想法呢！

要是比尔能说话该多好！想想，他会告诉我们什么。

远……
远……

166

版权合同登记号 图字：22-2014-143

图书在版编目（CIP）数据

毁灭之城 / （美）苏珊·谢德文 ；（美）乔恩·布勒
图 ；漆仰平译. -- 贵阳 ： 贵州人民出版社，2025. 1.
（雾灵三部曲）. -- ISBN 978-7-221-18954-7

Ⅰ. Ⅰ712.84

中国国家版本馆CIP数据核字第2024HP2992号

WULING SANBUQU
HUIMIE ZHI CHENG
雾灵三部曲
毁灭之城

［美］苏珊·谢德 文 ［美］乔恩·布勒 图 漆仰平 译

出 版 人 朱文迅 策 划 蒲公英童书馆
责任编辑 颜小鹂 执行编辑 肖杨洋 装帧设计 刘 洋 王艳霞 责任印制 郑海鸥

出版发行 贵州出版集团 贵州人民出版社
地 址 贵阳市观山湖区中天会展城会展东路SOHO公寓A座（010-85805785 编辑部）
印 刷 北京博海升彩色印刷有限公司（010-60594509）
版 次 2025年1月第1版
印 次 2025年1月第1次印刷
开 本 710毫米×1000毫米 1/16
印 张 11.25
字 数 100千字
书 号 ISBN 978-7-221-18954-7
定 价 39.80元